Deux Pennies

Des enfants australiens reconstruisent une école française après la Première Guerre Mondiale

Vicki Bennett
Illustré par John Flitcroft

First published 2015

Cataloguing-in-Publication entry available at the National Library of Australia

Creator: Bennett, Vicki, author.
Title: Deux pennies / Vicki Bennett ; illustré par John Flitcroft.
ISBN: 9781925046816 (paperback) Anglais/9781925236040 (paperback) Français
Audience: École primaire.
Subjects: McGregor, Henry George.
Boys--Australia--Conduct of life.
Schools--France--Villers-Bretonneux--Juvenile literature.
Reconstruction (1914-1939)--France--Villers-Bretonneux--Juvenile literature.
Australia--Relations--France--Villers-Bretonneux--Juvenile literature.
Villers-Bretonneux (France)--Relations--Australia--Juvenile literature.
Other Creators/Contributors: Flitcroft, John, illustrator.
Dewey Number: 920.710994

Publié par Boolarong Press, Salisbury, Brisbane, Australia.
www.boolarongpress.com.au

Imprimé par Watson Ferguson & Company, Salisbury, Australia

Pour les arrière-petits-enfants de George: Adelaide, Arlo, Finlay, Grace, Liam, Oliver et Riley.

Quand George était petit garçon, il avait un scooter, un petit camion en bois et un jeu de dominos que son grand-père lui avait donné. Il habitait avec sa mère, son frère et ses deux sœurs au-dessus de leur boulangerie.

Tôt le matin, George sentait le riche arôme du pain chaud et fumant sortant des grands fours de la boulangerie.

Un jour, la mère de George lui demanda de mettre ses plus beaux habits. Après le départ de son frère et ses sœurs pour l'école, ils prirent le train pour les quais.

Il ne se souvenait pas d'avoir vu sa mère si contente et sautillait joyeusement près d'elle.

Un grand bateau venait juste d'arriver et déchargeait camions et voitures et des centaines de soldats, de retour de la Première Guerre mondiale. Les soldats avançaient en file vers eux.

Soudainement à travers la foule, tête et épaules dépassant les autres, apparut un grand soldat aux cheveux noirs. George reconnut Henry, son père, de la photo sur le manteau de la cheminée. Il marchait vers eux, revenant de la guerre en France.

Ils coururent pour le rencontrer et Henry souleva George au-dessus de sa tête et le mis sur ses épaules. George resta là jusqu'à la maison.

Quand George était un peu plus grand, il remarqua que son père était souvent triste. C'était comme si un gros nuage noir le suivait partout. Parfois il trouvait son père tout seul dans son bureau, regardant dans le vide.

Il demanda alors à son père, « Qu'est-ce qu'il y a papa ? Pourquoi es-tu si triste ? »

Henry lui raconta que quand il se battait à la guerre, des bombes avaient détruit de nombreux villages en France et il était triste parce que des petites filles et garçons de l'âge de George n'avaient plus d'école où aller.

George pensa longuement aux filles et garçons en France.

Un jour, le directeur à la parade de l'école annonça qu'ils allaient amasser des fonds pour bâtir une école dans un petit village s'appelant Villers-Bretonneux en France. De nombreuses batailles impliquant des soldats australiens ont eu lieu là.

George était si excité. Si chaque élève amassait deux pennies, cela aiderait à reconstruire l'école en France !

Plus tard, quand George, son frère et ses sœurs étaient à table, il annonça son plan. « Je vais trouver du travail pour économiser deux pennies pour rebâtir une école en France. »

Son frère et ses sœurs se moquèrent de lui, « mais George, tu as seulement cinq ans, tu ne peux pas avoir un travail. »

« Oh oui je peux ! » Dit George très fier et gonflant sa poitrine. « Vous verrez ! »

Son frère et ses sœurs rigolèrent. Mais plus tard quand la vaisselle fut faite, essuyée et rangée, sa mère lui demanda d'aller dans le bureau de son père.

Il ouvrit la porte. Les lumières étaient éblouissantes et le visage de son père s'illuminait.

Son père lui dit, « si tu peux te lever de bonne heure tous les matins pour nourrir les chevaux et les préparer pour délivrer le pain, tu pourras économiser assez d'argent pour aider à bâtir l'école. »

George fit un large sourire et dit, « tu peux compter sur moi, Papa. »

Tous les matins George se leva de bonne heure pour s'occuper des chevaux. D'abord, il les sortit de l'étable, leurs mis les rennes et les attacha à la rampe dehors.

Puis il nourrit chacun d'un seau d'avoine, pour leur remplir l'estomac pour leur journée de travail.

Après la livraison du pain, George les lava et brossa leurs manteaux. Ils étaient enfin propres et lustrés.

Bientôt il gagna ses premiers deux pennies.

Les enfants étaient très excités d'appoter leurs pennies à l'école. Le directeur calcula que s'ils plaçaient tous les pennies bout à bout, cela ferait une ligne de 1,6 km de long.

Chaque enfant mit fièrement leurs deux pennies bout à bout, en une ligne s'étirant autour de l'école comme un serpent brillant.

L'école à Villers-Bretonneux en France fut nommée l'école Victoria, d'après tous les enfants en Victoria, Australie, qui aidèrent à la construire.

SCHOOL

George continua de travailler avec les chevaux chaque matin et très vite il gagna d'autres pennies. Il les mit de côté dans sa boîte secrète sous le lit.

Il rêvait de visiter l'école Victoria en France. Mais après la guerre, la vie était dure. Homme et femme ne trouvaient pas de travail et il était difficile de nourrir leurs familles.

Le père de George était un homme généreux. Quand certains de ses clients n'avaient pas d'argent, il leur donnait du pain et des gâteaux pour manger.

Le père de George avait besoin de son aide dans la boulangerie. Il n'y avait pas d'argent pour un long voyage en France.

George grandit et quitta la maison. Il maria son amoureuse Vida, et eut deux enfants.

Ils étaient très heureux, mais les temps étaient encore durs. Il n’y avait toujours pas d’argent pour un voyage en France.

Finalement, en 1982, George écrivit une lettre au maire de Villers-Bretonneux, pour lui demander si lui et sa femme pouvaient les visiter.

« Oui, fut la réponse du maire, « ce serait un grand honneur de vous avoir pour visiter l'école. »

Le voyage prit vingt-trois heures par avion pour atteindre Paris, puis deux heures de plus par le train jusqu'au village.

George et Vida n'avaient jamais été dans une pareille aventure.

C'était un jour clair et ensoleillé avec un ciel d'azur quand le grand train noir s'arrêta sur la plate-forme de Villers-Bretonneux.

George était très emballé d'être finalement là, dans un jour de festivités apparentes. Une fanfare jouait de la musique et les enfants portaient leurs habits du dimanche.

George et Vida ramassèrent leurs bagages et sortirent sur la plate-forme. Un homme avec un manteau rouge et des boutons dorés, et des médailles autour du cou, s'approcha d'eux et leur parla très excité en Français. « Madame, Monsieur, suivez-moi s'il vous plaît. »

Ils ne comprirent pas ce que cet homme leur disait, alors ils sourirent et continuèrent de marcher.

S BRETONNEUX

DO NOT FORGET AUSTRALIA

Tout à coup un Anglais sortit de la foule et dit, « le maire vous souhaite la bienvenue au village et voudrait que vous l'accompagniez à l'école. Ils sont très contents de vous voir. »

« Cette fanfare est pour nous ? » Demanda George.
« Oui, monsieur », répondit le maire fièrement, guidant George et Vida à l'école Victoria. La fanfare les suivit, jouant fortement.

Les écoliers faisaient une parade en chantant *Waltzing Matilda* quand ils arrivèrent.

George ne pouvait contenir son plaisir de finalement voir l'école qu'il avait aidé à bâtir.

Plusieurs années plus tard quand George fut devenu âgé, sa fille lui rendit visite. Il ouvrit une petite boîte en bois, prit deux pennies et les plaça dans la main de sa fille.

George dit à sa fille, « de tous les pennies que j'ai économisés quand j'étais un petit garçon, j'ai gardé ces deux-là. Je veux que tu les délivres au village en France et que tu les donnes à l'école pour moi. »

La fille de George prit un grand avion pour la France et trouva la petite école, que son père avait aidé à bâtir, dans le village.

Ces deux pennies sont maintenant fièrement exposés dans le musée franco-australien à Villers-Bretonneux. Ils racontent l'histoire d'un petit garçon qui avait un rêve et l'a rendu possible.

C'est une photo de Vicki prise avec son père George en 2010.

Vicki Bennett est une artiste et une auteure de vingt-trois livres traduits en plusieurs langages autour du monde. www.vickibennett.com.au

Henry George McGregor, connu comme George, a servi son pays à Bornéo et Nouvelle-Guinée pendant la seconde Guerre Mondiale. De retour en Australie, il a conduit plusieurs entreprises et était un député pour la municipalité de Geelong.

Il a déménagé pour Brisbane avec sa famille, en 1956, où il s'est établi et est devenu un inspecteur régional pour le Bureau d'assurance gouvernemental jusqu'à sa retraite.

George était impliqué dans plusieurs organisations communautaires ; il aida à acquérir le terrain pour bâtir Fairview Residential Care, Pinjarra Hills, où il résida jusqu'à sa mort en 2012. Il reçut la médaille d'honneur Ordre d'Australie en 1989.

Avec son oreille musicale, il jouait du piano tous les jours. Quand il était jeune, il écoutait sa sœur répéter et il rejouait les morceaux précisément par oreille, avec également les erreurs qu'elle avait faites. Il sifflait parfaitement à l'unisson.

George a vécu comme dans le livre, montrant courage et persévérance tout au long de sa vie. Il est resté résiliant et avec un gros cœur jusqu'à la fin. Il partageait son sens de l'humour et montrait toujours de la joie et la dignité à son entourage. Il ne s'est jamais fatigué de raconter l'histoire de ses deux pennies. Ce livre est son histoire.

L'illustrateur, John Flitcroft, a un degré en science, mais sa passion est le dessin. C'est son premier livre et ses belles illustrations donnent de la vie à l'histoire de George. www.johnflitcroft.com